Copyright © 2013 Autêntica Editora
Copyright © 2013 Ronaldo Monte
Ilustrações © 2013 Diogo Droschi

Edição geral
Sonia Junqueira (T&S - Texto e Sistema Ltda.)

Projeto gráfico e diagramação
Diogo Droschi

Revisão
Aline Sobreira

AUTÊNTICA EDITORA LTDA.

Editora responsável
Rejane Dias

Belo Horizonte
Rua Aimorés, 981, 8° andar . Funcionários
30140-071 . Belo Horizonte . MG
Tel.: (55 31) 3214 5700

São Paulo
Av. Paulista, 2.073 . Conjunto Nacional
Horsa I . 23° andar . Conj. 2301 . Cerqueira César
01311-940 . São Paulo . SP
Tel.: (55 11) 3034 4468

Televendas: 0800 283 13 22
www.autenticaeditora.com.br

Revisado conforme o Acordo Ortográfico da Língua Portuguesa de 1990,
em vigor no Brasil desde janeiro de 2009.

Todos os direitos reservados pela Editora Gutenberg.
Nenhuma parte desta publicação poderá ser reproduzida,
seja por meios mecânicos, eletrônicos, seja via cópia
xerográfica, sem a autorização prévia da Editora.

Dados Internacionais de Catalogação na Publicação (CIP)
(Câmara Brasileira do Livro, SP, Brasil)

Monte, Ronaldo
Zito que virou João & outros poemas / Ronaldo
Monte ; ilustração Diogo Droschi. – Belo Horizonte :
Autêntica Editora, 2013.

ISBN 978-85-8217-180-6

1. Literatura infantojuvenil I. Droschi, Diogo.
II. Título.

13-00862   CDD-028.5

Índices para catálogo sistemático:
1. Literatura infantil 028.5
2. Literatura infantojuvenil 028.5

Ronaldo Monte

Zito que virou João

& outros poemas

Ilustrações Diogo Droschi

autêntica

Para João Medeiros,
o verdadeiro Zito,
in memoriam.

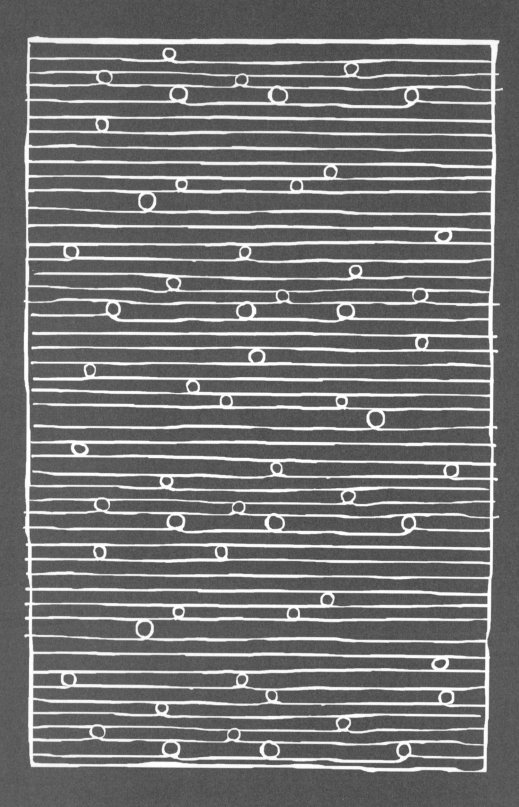

Zito 11 Zito sabia de tudo

12 Zito sabia adivinhar

13 Zito sabia cantar

14 Zito sabia esperar

15 Zito sabia aprender

Desencontros 19 Flor e renda

21 Papa-Ceia

24 Mãe Joaninha

25 Galafoice

31 Piedade

36 De Noite

39 Paralelas

Sonho futuro 43 As promessas do Dono do Futuro

45 A verdade do Dono do Futuro

47 O convite da Mãe das Ruas

49 A voz da Dona dos Sonhos

50 O sonho do menino

51 O sonho da menina

52 O futuro agora

53 A volta do futuro

55 Sonhos novos

Zito sabia de tudo

Sabia quando o sol ia nascer,
Quando ia ser lua cheia,
Sabia o tempo certo de plantar,
Sabia o tempo exato de colher.

Zito conhecia as estrelas
Mesmo sem saber o nome delas.
Por isso andava de noite
E nunca perdia o caminho de casa.

Sabia o nome dos bichos
E os trabalhos que faziam.
Sabia o nome das plantas
E as doenças que curavam.

Sabia o nome dos rios
E pra onde eles corriam.
Sabia se davam peixe
E quando iam secar.

Sabia o tempo das frutas,
Conhecia o gosto delas,
E só pelo cheiro da folha
Sabia o nome do pé.

Zito sabia adivinhar

Sabia dizer pras moças
Se elas iam se casar,
Quantos filhos iam ter,
Quem ia só namorar.

Sabia dizer se um homem
Ia partir ou ficar.
Sabia dizer se um filho
Ia morrer ou vingar.

Adivinhava quantos filhotes
A gata guardava na barriga.
Adivinhava quando a doença
Vinha buscar os meninos para o céu.

Adivinhava o ano de fartura
E o tempo da pobreza e carestia.
Muito antes de chover, ele sabia.
Muito antes de secar, ele dizia.

Zito sabia cantar

Sabia tocar viola,
Sabia fazer repente,
Tirava coisas bonitas
Lá de dentro da cachola.

Cantava o nome das flores
E a cor de cada uma.
Cantava o nome dos pássaros
Imitando cada canto.

Cantava as brigas dos homens
E a coragem das mulheres.
Cantava as manhas dos bichos
E a beleza das meninas.

Cantava as guerras de ontem,
As de hoje, de amanhã.
Cantava os homens mansos
Que sonhavam com a paz.

Cantava suas tristezas
E as poucas alegrias.
Cantava suas riquezas
Nas poucas coisas que tinha.

E a mãe de Zito dizia:
Esse menino vive com a cabeça no mundo.

Zito sabia esperar

Sabia esperar pelo tempo
E pelo que o tempo trazia.
Por isso esperou que o irmão
Ficasse grande e bem forte
Para ocupar seu lugar
No trabalho junto ao pai.

Zito esperou a manhã
Em que tinha de partir.
Pediu a benção da mãe,
Pediu permissão ao pai,
Deu meia-volta e partiu.

Espera, disse seu pai,
Leva este papel aqui.
É nele que está escrito
O nome que eu te botei.

Zito olhou para o papel
E sua vista sumiu.
Zito sabia de tudo,
Mas não sabia de nada.

Zito não sabia ler
Nome nenhum,
Nem o seu.

Zito sabia aprender

Zito deixou sua casa
Sabendo que não sabia,
Mas partiu com a certeza
De que iria aprender.

Aprender as coisas escritas sobre os grandes homens
E o que se deixou de escrever sobre os humildes.

Aprender como começam as guerras
E como seria fácil construir a paz.

Aprender como mentem os poderosos
E como tirar a máscara da mentira.

Aprender como se movem as estrelas
E como nos mover de encontro a elas.

Aprender a construir coisas concretas
E do concreto extrair sua poesia.

E a primeira coisa que Zito aprendeu
Foi que seu nome no papel não era Zito:
Seu nome verdadeiro era João.

Porém este homem feito
Que agora se chama João
Nunca deixou de ser Zito
Dentro do seu coração.

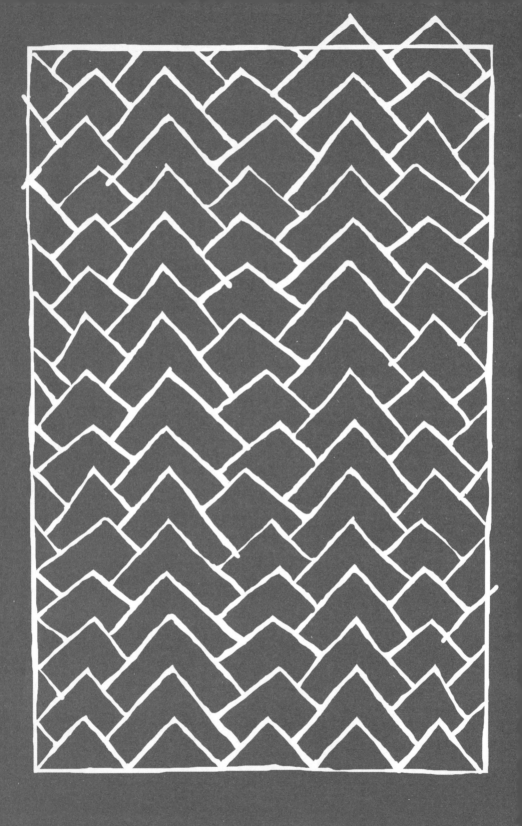

Flor e renda

Vivia dona Florzinha
Sentada fazendo renda,
O dia raiando via
A dança das mãos de Flor.

Depois a tarde caía
Sobre a renda de Florzinha
E a noite escurecia
Almofada, renda e Flor.

Florzinha tinha dois olhos
Da cor das águas do mar.
Dois olhos verdes cansados
Na cara murcha de Flor.

Quando Jacinta chamava
Sua mãe para o café,
Florzinha levava tempo
Pra se levantar do chão.

Então era que se via
Separado da almofada
Seu velho corpo curvado
De tempo, cansaço e renda.

Jacinta então percebia
Os verdes olhos de velha
Se escondendo dia a dia
Dentro de Dona Florzinha.

Tinha mais branco que verde
Naquele olhar de rendeira.
E quanto mais se curvava,
Mais pra dentro Flor se via.

E quando o corpo de Flor
Enroscou-se em almofada,
Ela viu todas as rendas
Que suas mãos fabricaram.

Cada toalha que via,
Cada colcha, cada saia
Era tecida com as mágoas
Que seus olhos não choraram.

E viu que todas as rendas
Agora se desmanchavam
Juntamente com seu corpo,
Que também se desfiava.

E cada ponto de renda
Que ali se desatava
Fazia ficar mais leve
A alma leve de Flor.

Quando então Jacinta veio
Chamar a mãe pro café,
Não viu as mãos de Florzinha
Tecendo as eternas rendas.

Viu só uma almofada
Jogada no chão da sala.

Papa-Ceia

Eu sou a estrela Papa-Ceia,
Que aparece no céu todo fim de tarde,
Quando o sol ainda não tem se deitado direito.

Mas eu não fui estrela toda vida.
Nasci menina. Nasci pobre.
Tão pobre que muitas vezes
Faltava o que comer na minha casa.

E minha casa era muito longe
Da rua onde tinha muitas casas
Em que nunca faltava o que comer.

Eu saía de casa de manhã
E só chegava por lá de tardezinha,
Quando o sol já tinha se deitado,
Mas não tinha caído no sono direito.

Chegava na hora em que se fazia café
Nas casas onde tinha pó de café.
E se fazia bolo
Nas casas em que tinha farinha.
E se fazia sopa
Nas casas em que tinha batatas.

E as pessoas das casas,
De banho tomado,
Sentavam à mesa e tomavam café,
Comiam bolo e tomavam sopa.

Na primeira vez em que pedi comida,
Me acharam engraçada e tiveram pena.
Por isso me deram comida.

Na segunda vez, não me acharam engraçada,
Mas ainda tiveram pena.
Me deram comida, mas deram bem menos.

Na terceira vez,
Não me acharam engraçada,
Não tiveram pena
Nem me deram comida.
Em todas as casas diziam:
"Fecha a porta que lá vem a papa-ceia."

E eu fiquei do lado de fora,
Sem graça, sem pena e sem ceia.

Desse jeito voltei pra casa.
Era longe, já disse.
Já estava escuro
Quando não aguentei mais andar.
Ganhei fome, cansaço e sono
Quando tudo o que queria era ceia.

No campo aberto mesmo me deitei
E dormi tão pesado que não senti
Quando fui subindo devagarinho
Furando as nuvens
Entrando no céu
Até ficar onde estou agora,
Virada em estrela.

Agora tenho mais graça
Do que quando era menina.
Agora não sinto fome
E não preciso de pena.

Da menina que fui,
Só ficou o costume de aparecer
Antes que o sol se deite
E olhar pelas janelas das casas
Para ver o que estão fazendo para a ceia.

Faço isso para que as pessoas
Das casas onde tem comida
Se lembrem que existem muitas crianças
Sem graça, sem pena e sem ceia
Que nunca vão virar estrela como eu.

Mãe Joaninha

Mãe Joaninha foi a velha mais bonita que já conheci.
Morava numa casa de vila
Com Nonon e Didia,
Duas filhas maduras
Que esqueceram de casar.

Fazia gosto ver Mãe Joaninha sair do banho,
O cheiro de sabonete,
As mãos pendendo nas franjas
Da toalha branca pendurada no pescoço,
Assoviando um sopro aqui, ali um pio.

O rádio branco de plástico trazia as novelas,
As músicas antigas de manhã bem cedo,
O corpo de passarinho na cadeira de balanço.

A benção Mãe Joaninha,
O doce de mamão chegado no açúcar,
A casa limpa, o cochilo de tarde.

O cochilo de tarde um dia foi mais longo.
A bem dizer, ainda não acabou.

Mãe Joaninha me ensinou a morrer.

Galafoice

Nas noites frias sem lua
Na praia de Jaguaribe,
Quem vai à beira do mar
Vê coisas do outro mundo.

Os pescadores nos contam
Histórias de assombração,
Verdades incontestáveis
Contadas com olhos grandes,
Voz baixa como em segredo.

Quem vai de noite à foz
Do riacho Maceió
Não deve demorar muito,
Pois ele é mal-assombrado.

Os pescadores não pescam
Ali em noite sem lua,
Os namorados não amam
Ao doce som do riacho,
E quem caminha na praia
Ali desvia caminho,
Prefere ir pela rua.

A verdade é que de noite,
Bem de noite, noite alta,
Quem olha o mar vê bem longe
Um fogo azul, quase branco,
Andando em cima das águas.

Ele vem se aproximando
E crescendo de tamanho.
De longe mesmo se nota
Um homem levando o fogo
Nas duas mãos estendidas,
O lume branco-azulado.

O seu rosto iluminado
De branco-azul resplandece
Um sofrimento só visto
Em rosto de alma penada.

E canta com voz sofrida
Para quem ouve da praia:

"Meu filho,
Quem viu meu filho?
Quem me diz onde andará?
Faz frio, volta, menino.
É noite, vim te buscar."

É Galafoice, buscando
Na noite escura da ilha
Seu único filho homem,
Que um dia sumiu pescando
Em noite de maré cheia.

Contam que esperou dez dias
A volta do filho amado.
Não comia, não dormia,
Os pés fincados na areia,
Esperando ver a vela
Do barco que não surgia.
Dez dias consecutivos
O mar vazava e subia
Lavando os pelos brancos
De seu peito ainda forte.

"Meu filho,
Volta, meu filho.
Já não suporto esperar.
Dez dias que foste embora.
Que fazes tanto no mar?"

E no final de dez dias,
No leite da madrugada,
Um bojo de barco a vela
Sem vela surgiu na praia.

"Meu filho,
Voltou, meu filho?
Valeu a pena esperar?
Ai, quanto tempo perdido.
Meu filho,
Vou te buscar."

E fez uma tocha grande
Com uma palha de coqueiro
E foi de encontro às ondas,
Sem escutar os avisos
Da gente que lhe gritava:

– "Não vá,
Teu filho está morto."

– "Mentira, ele está vivo.
É um vivo que eu vou buscar."

E veio uma onda forte
Que cobriu todo o seu corpo.
O lume que carregava,
Em vez de ter se apagado,
Ficou maior, mais brilhante,
Branco e azul como as águas
E as espumas do mar.

Da praia ainda gritavam:
– "Volta, Galafoice, volta."

– "Não volto, vou ver meu filho.
Só volto quando encontrar."

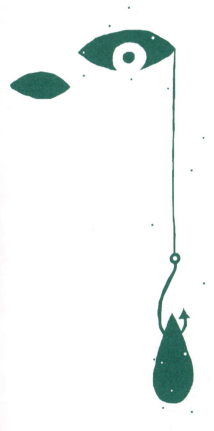

E foi pisando nas águas,
Entrando por mar adentro
Até perder-se das vistas
Arregaladas da gente
Que a tudo via da praia.

E voltavam os pescadores
Das pescarias noturnas
Dizendo: "Eu vi Galafoice.
Tive medo, vim embora.
Andava em cima das ondas
E cantava coisas tristes,
Procurando o filho morto."

"Meu filho,
Quem viu meu filho?
Quem sabe onde ele está?
Você viu meu filho,
Onde?
Em que recanto do mar?"

*

Portanto, quem for um dia
À praia de Jaguaribe,
No fim de Itamaracá,
Não duvide desta história
Que a gente da ilha conta.
Não vá à praia de noite,
Senão aparece a tocha
E Galafoice te encanta.

Piedade

Na sala da minha casa não cabe esse caixão.
Essa morte transborda meu coração de mãe.
Ela esborra do meu peito e vasa por esse beco,
Misturada com o lodo que escorre fedendo pela rua.

Essa morte não é minha só.
Esse filho morto eu não fiz só.
Se não teve pai, teve um reprodutor,
Que me largou,
Que se mandou,
Que se perdeu no mundo,
Perdendo a conta dos moleques que botou
No fogo cruzado entre a cana e o pó.

Fui largada no mundo, mas não fiquei só.
O mesmo mundo que um dia me criou,
Criou todas as mães, todas iguais a mim,
Que só queria um homem pra gostar de mim,
Cuidar de mim, sorrir pra mim.
Igual a como eu via na televisão,
Igual a como eu via nas fotografias
Das revistas que falavam da televisão.

Um dia veio um homem,
Quase um menino,
Que me levou pra cama,
Uma menina
Que vacilou, dormiu e acordou sozinha.
Sozinha, não.
Estava acompanhada, mas eu não sabia.
Eu não sabia de nada.

Fui sabendo pouco a pouco como era a vida.
Fui sabendo pouco a pouco que era uma vida
Que eu carregava dentro da barriga.

A dor que me doeu eu sofri só.
Botei na sacola meu pouco dinheiro,
Minhas coisas poucas,
Minha pouca idade
E fui sozinha pra maternidade.

Mas esse menino eu não criei só.
Se o homem foge, a mulher tem a mulher
Pra repartir com ela a vida dos moleques.
Tem a mãe, tem a vó, tem irmã,
Tem a comadre que mora do lado
E fica olhando seu filho,
Cuidando do seu filho
Sem você nem precisar pedir.
Só uma mulher sabe bem o que é
Ser mulher e perder e parir e saber esperar
Sem saber bem o quê.

Não percam tempo em pensar
Que não gozei.
Se dessas rugas a metade é sofrimento
De muitas horas que gemia só,
Metade é contração do bom momento
Em que meu corpo e outro deram nó.

Porém nas horas de minhas agonias,
Meu choro mastigando
Ou blasfemando em vão,
Não tive, nunca tive
Alguém por perto.
É que existem pessoas que dão certo,
Outras, não.

E não me venham dizer
Que não amei.
As pernas em relevo são a prova
De muita vida nova que gerei.
Se meus joelhos denunciam quedas,
Cada variz me lembra uma paixão.
É que nas horas de minhas agonias,
Quando filhos pari
Ou me faltou o chão,
Não tive, nunca tive
Alguém por perto.
É que existem pessoas que dão certo.
Só umas que dão certo,
Outras, não.

Nunca esperei qualquer pena de mim.
Nunca chorei com pena de ninguém.
Ninguém escapa ao fogo da fornalha.

A pena que se paga aqui, fora das grades,
É a mesma que se pena do outro lado da muralha.
A diferença é pouca.
Tanto do lado de lá, como desse de cá,
Mesmo mandando na boca e nadando em dinheiro,
Não se pode escolher ser livre ou prisioneiro.

O pastor falou que pode.
Basta ser crente.
Eu não escolhi nascer aqui, viver aqui, morrer aqui.
E quando acreditei poder sair daqui,
Suar, ralar num trampo, virar gente,
O diabo escolheu coisa diferente.

Eu vou pedir ao pastor pra orar por mim
No culto de hoje à noite.
Por mim e pelos filhos que me sobram.
Por eles e por todos os outros moleques que sobraram.
Por todos os moleques que escaparam
Do fogo cruzado de um mal contra outro mal.
E toda vez que ele gritar Aleluia
E der graças a Deus pelas graças que nos deu,
Eu vou querer saber de Deus que graça tem
Perder um filho,
Já que ele perdeu o seu também.

E quando encontrar um padre,
Eu também vou pedir que ele reze uma missa por mim.
Por mim, que morri pela metade
Quando meu filho foi morto por inteiro.
Que ele não morreu de uma vez só.

Começaram a matar meu filho
Muito antes de ele nascer.
Ele começou a morrer quando foi feito.
Na pressa em que foi feito,
Na pressa com que foi abandonado
Pelo homem que fez ele em mim.
Ele continuou a morrer dentro de mim,
No ventre sem sustança que botou ele pra fora
antes do tempo.
E a morte sempre esteve perto dele,
Na maternidade de onde quase não saiu,
Nos hospitais imundos
De onde saiu mais doente do que entrou.
E mais morreu na comida ruim que ele comeu,
Nas valetas de esgoto em que pisou,
No colchonete encharcado de goteiras,
No medo noturno das balas perdidas.
Até que a morte foi pra dentro dele
E completou o serviço que a vida tinha começado.

Também vou na tenda do Mestre Perlingeiro
Pra ele fazer uma reza pra mim.
Pra ele fazer uma sessão pra mim,
Pra meu filho baixar e vir falar comigo.
Pra eu pedir perdão à alma dele.
Pra eu pedir que os guias cuidem dele
Com o cuidado que eu não pude dar.
Com o cuidado que ninguém lhe deu.
Pois, como já disse, esse morto não é só meu.
E que do lado de lá desta muralha
Ele descanse, enfim, desta batalha
Em que perdeu a vida e a mocidade.
E encontre onde estiver o que faltou aqui:
Carinho, proteção, boa vontade
E piedade. Muita piedade.

De Noite

Ela era De Noite,
Como eram De Fátima, Da Guia,
Das Dores, Dos Prazeres.

Ela era De Noite,
Como eram as corujas,
Os morcegos, os bacuraus, os pirilampos.

Só saía de noite,
Como a lua, as estrelas,
O lobisomem e as almas penadas.

Era De Noite quem passava agora,
Vinda não se sabe de onde.
Era De Noite que já ia longe,
Não se sabe pra onde,
Não se sabe pra quem.

Era De Noite que ele queria.
Era De Noite que não o queria,
Que passava por ele sem olhar,
Deixando um rastro de cheiro
De carne negra. Que era negra,
De Noite.

Negra ficou-lhe a vista,
Turvada pela ânsia da noite
Que morava no canto mais escuro
Do corpo de De Noite.
Do corpo que sumia fundido com a noite.

De noite, de noite,
Gritava para as casas pesadas de sono.
De Noite, De Noite,
Soluçava para dentro de si,
Na mais completa escuridão.

Paralelas

Ela ia por um lado da calçada.
Ele ia na calçada do outro lado.

Ela de terninho e salto alto.
Ele de tênis, jeans e camiseta.

Ela olhou para ele invejosa.
Ele olhou para ela com cobiça.

Ela olhou o relógio e teve pressa.
Ele viu, pelas sombras, que era cedo.

O sinal de pedestres ficou verde.
O desejo dos dois ficou maduro.

Ela pisou na faixa com cuidado.
Ele fez da calçada um trampolim.

No rio sem nexo dos corpos mergulharam
Dois corpos que se buscam e se erram.

O que tentaram fazer foi proibido
Pelo atropelo da humana correnteza.

E o que tentaram dizer foi abafado
Pelo carrinho de CD pirata.

E cada um foi arrastado ao lado oposto,
Vazio do objeto desejado.

Ele pediu com a mão uma promessa.
Ela acenou adeus e foi-se embora.

Já tinham dado na curta caminhada
Todos os passos do amor que o amor passa.

39

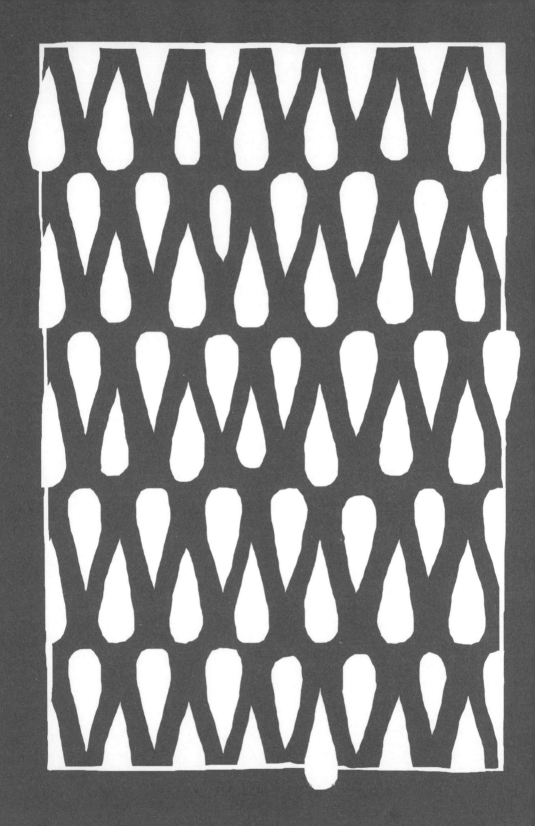

As promessas do Dono do Futuro

Meninos e meninas,
O futuro chegou.
O que vocês quiserem,
Qualquer coisa,
Eu dou.

Eu dou casa,
Dou comida,
Dou sorvete.
Dou pipoca,
Chocolate,
Sanduíche,
Milk-shake.

Eu sou o Dono do Futuro
E o futuro chegou para vocês.
Venham comigo,
Vai ser bom,
Venham comigo.
A sorte grande
Só aparece uma vez.

Tênis novo,
Videogame,
Bike, moto,
Dou também.
E outras coisas
Que vocês conhecem bem.

Eu sou o Dono do Futuro
E o futuro chegou para vocês.

CD player, celular,
Disney World, laptop,
Fórmula 1,
Mundial de futebol,
15 minutos de fama na TV.
Internet, minha gente.
A vida toda navegando na Internet...

Dentro de mim
Bate um coração faminto,
Faminto de amor
E de tesouros.

Você, meu bem,
É meu tesouro.
Amo você,
E você vai me amar também.

Deixa tua vida em minhas mãos,
Abandona teu querer ao meu querer.
Só te peço que me sigas com paixão,
Já que não tens nada mesmo a perder.

A verdade do Dono do Futuro

Dentro de mim
Bate um coração faminto,
Faminto de poder
E de tesouros.

E cada beco escuro
É uma mina de ouro
Pra mim, que sou o Dono do Futuro.

O convite da Mãe das Ruas

Vem, filho meu.
Vem que eu te dou de comer
Nos sacos de lixo,
Nas portas dos bares,
Na banca de frutas,
Pegar e correr.

Vem,
Que te dou agasalho
Nas pontes,
Nos becos,
Sob viadutos,
Nas delegacias.

Vem, filha minha.
Vem que te dou uma casa
Com muita alegria,
Com muita comida,
Com muita bebida,
Com noites divinas
De luxo e prazer.

Vem,
Que te dou muitos homens,
Te encho de filhos,
Variz, hematomas
E morte tranquila
Em meu próprio leito.

Eu sou a vossa mãe.
A mãe das ruas.
Venham, meus filhos.
Já é tarde,
Temos muito que fazer.

As ruas são minhas filhas.
Seus filhos, meus filhos são.
Vê que bonitos, meus filhos.
Tão belos, jamais verão.

Vê como são bem-cuidados
Saudáveis, alimentados
Com o que sobra dos bares,
Com o que sobra da feira,
Com o gordo lixo dos lares.

Vê como são bem-vestidos
Bem na penúltima moda
Que a nova moda deplora.
Que os filhinhos enjoam
E suas mães jogam fora.

Ah, que felizes, meus filhos.
Que outra vida vão querer?
De vez em quando trabalham.
Senão, como vou viver?

A voz da Dona dos Sonhos

Quem dorme o sono dos justos
Não sabe o quanto é injusto
Dormir, sonhar, descansar.

Enquanto dormem nos leitos
De forros finos, bem-feitos,
Suspiram sem suspeitar

Que outros leitos são forrados
De pedra e dor. Destinados
Aos que dormem sem sonhar.

Que sonhos, Senhor, que sonhos
Pode este sono engendrar?
Eu sou a Dona dos Sonhos,
Que sonhos posso lhes dar?

O sonho do menino

Eu não preciso de pena.
Eu preciso de um sonho
Que possa sonhar acordado,
Junto com meus manos, neste beco.

O sonho da menina

Eu preciso de um sonho de verdade,
Que não saia de um conto de fadas.
Eu preciso de um sonho neste beco
Que me tire deste beco sem saída.

O futuro agora

Vejam todos vocês
Que maravilha
O futuro fez com estes meninos.
Já não sonham,
Não desejam,
Não se inclinam
Para nada que o futuro já não tenha.

E o futuro é meu.
Por isso, venha ao futuro
Quem achar muito enfadonho
Esperar, podendo ter agora
Tudo o que lhe foi prometido em sonho.

A volta do futuro

Eu vi o futuro e não gostei.
Eu vi casas desabadas,
Eu vi campos fumegantes,
Eu vi ilhas de cristal
Com seus jardins verdejantes.

Eu vi salas de silêncio
Com cem mil homens curvados
Sobre placas de silício.

Eu vi máquinas chocando
O que antes era espera
Dentro do corpo das mães.

Eu vi soldados metálicos
Cortando a carne dos homens,
Incendiando seus lares.

Eu vi mulheres bonitas,
Eu vi crianças redondas
Protegidas por muralhas.

Eu vi mulheres imundas,
Eu vi crianças famintas,
Iguais a nós, nesta tralha.

Sonhos novos

Este futuro não serve
Para quem ama seus sonhos.
Pois tudo o que prometem no futuro
Provém de velhos sonhos já sonhados.

Existem sonhos novos pelo mundo.
Novos sonhos que sonham um mundo novo.

O autor

Nasci em Maceió, Alagoas, onde escrevi meus primeiros poemas, aos dez anos de idade. Passei minha juventude no Recife, Pernambuco, onde trabalhei como redator de propaganda e me formei em Psicologia. Depois fui para João Pessoa lecionar na Universidade Federal da Paraíba. Além de escritor, sou psicanalista. Hoje, aposentado, moro em Cabedelo, uma cidade portuária perto de João Pessoa, com praias maravilhosas de mar calmo, muito bom para caminhar, tomar banho e pensar em novos textos.

O ilustrador

Nasci em 1983, em Belo Horizonte, Minas Gerais, onde ainda moro e onde me formei em Design Gráfico pela UEMG e em Artes Gráficas pela Escola de Belas Artes da UFMG. Para a Autêntica Editora, ilustrei os livros *Histórias daqui e d'acolá*, *Vagalovnis*, *Desenrolando a língua*, *Ouro dentro da cabeça* e *Micrômegas*.

Criar ilustrações que interagissem com a palavra forte e evocativa de *Zito que virou João & outros poemas* foi um desafio prazeroso. Busquei – em formas e contraformas, em objetos dentro de objetos e em imagens que pudessem apontar para significados múltiplos – as possibilidades de convergência com a intenção poética do texto.

Esta obra foi composta com a tipografia Electra LT Std
e impressa em papel Off Set 120 g/m² na
Formato Artes Gráficas para a Autêntica Editora.